AF391039

LES
NOUVEAUX ATHÉES;

OU RÉFUTATION

DES

NOUVEAUX SAINTS.

Ab uno disce omnes !

OUVRAGE

En moins de 250 vers, enrichi de notes curieuses et historiques.

Par RENÉ PERIN et BIZET.

A PARIS,

Chez MARCHAND, Libraire, Palais du Tribunat ; passage Valois, n°. 188.

AN IX. (1801.)

LES
NOUVEAUX ATHÉES.

Allons, mon Appollon, reprenons notre lyre
Des Saints qu'on avilit, rétablissons l'empire,
A l'athéisme ingrat, arrachons son bandeau,
Et fixons la lumière en un foyer nouveau :
Assez, et trop long-tems, la France abatardie
Sous un règne de fer oublia son génie !...
D'un culte qu'on chérit, Ministres respectés
Ramenez le bonheur dans nos tristes cités :
A la religion proscrite sur la terre,
Rendez tout son éclat, et sa splendeur première ;
Du savant Massillon, émules généreux,
Apprenez aux mortels le grand art d'être heureux ;
Accablez de mépris ces écrivains prothées,
Reptiles venimeux, ridicules athées,
Des dogmes d'Epicure, immoraux sectateurs,
Remplis de leur mérite, et boursoufflés d'erreurs,
Ignorans orgueilleux, ambrions littéraires,
Tant ridiculisés, même par leurs confrères :
Qui, peu contens d'avoir écrit de méchans vers,
Voudraient encore changer les lois de l'univers.
Désavouer d'un Dieu l'éternelle existence,
Et nous persuader, souvent par l'impudence :
A force de vertus, il faut les étonner :
Frélons peu dangereux ; ils peuvent bourdonner.

Avec eux, croyez-moi, mes amis, laissons braire,
Au milieu des chardons, « le baudet littéraire »

Comme chef de parti, Joseph est le premier.
Après lui vient l'auteur du jugement dernier,
Ouvrage détestable, et plate rapsodie,
Qu'au tems de la terreur on nomma comédie.
Ce petit romancier, écrivain sans talent,
Qui, fâché d'être un sot, veut paraitre mordant.
D'un semblable senseur, on craint peu la férule,
On prend pour le frapper, le fouet du ridicule.
Quel autre combattant se présente à nos yeux?
Ses regards incertains se perdent dans les cieux !
Mais je le reconnais fort bien, sans qu'on le nomme,
C'est ce fou sans pareil, ce savant astronome,
Qui, malgré sa lorgnette a rarement vu clair
Et sur-tout hardiment tient des discours *en l'air.*

Joseph leur conte alors sa déplorable histoire.
Mes amis, leur dit-il ? qui de vous eut pu croire
Que le public ingrat oublierait pour jamais
Et mes revers nombreux, et mes nombreux succès :
C'en est fait, le bon goût a déserté la France ;
Les beaux arts éplorés sont réduits au silence.
La scène s'appauvrit, partageant ses douleurs
Le public s'attendrit près d'Andromaque en pleurs!
Racine brille encor, on admire Voltaire
Chefs-d'œuvre prétendus qu'encense le parterre?...

Tandis que mes enfans , orphelins aujourd'hui
N'ont que leur père et vous, pour leur servir d'appui.
Un instant a détruit près de vingt ans de gloire !
Et ces enfans gâtés des filles de mémoire ,
Le malheureux Calas, le mielleux Fénélon
Charles neuf qui fit seul ma réputation ! ....
Mais j'allais oublier, dans ma mélancolie ,
ce chef-d'œuvre immortel qu'enfanta mon génie:
Ce superbe *Gracchus* ce fanfaron Romain ,
que je faisais parler comme un bon Jacobin :
Ces ouvrages charmans échappés à ma verve
« Où j'ai bien quelquefois rimés malgré Minerve.»
Condamnés désormais à la honte , au malheur,
Dorment ensevelis dans le trou du souffleur.

Cherchons, pour me venger , quelque moyen de
    nuire :
Empruntant de Boileau les traits de la satyre ,
Je vais dire du mal... et de qui ?... par ma foi
Je n'en sais rien... si fait... de Clément, de Geoffroi.
De Dieu... puis.... de ses Saints... l'entreprise est
    frivole
Joseph , vous pourriez bien faire encore une école ,
Emule de voltaire, et critique savant
Vous savez que Clément, est par fois *inclément.*
Geoffroi, dans ses extraits , et mordant et sévère,
A votre muse étique en déclarant la guerre ,

D'un seul coup, s'il voulait, pourrait vous mettre
   à bas :
Tenez, le champ d'honneur ne vous resterait pas.

D'un satirique auteur admirons le courage :
Contre qui, s'il vous plaît, a-t-il fait son ouvrage?
Le voit on dans ses vers, démasquer le frippon ?
Le brigand destructeur ? *le fratricide?* ... Non ...
Sa muse a-t-elle au moins, d'une voix véridique,
Attaqué l'ennemi de la chose publique ?
Encor moins : des vieillards dont les rares talens
Sont admirés, chéri depuis plus de trente ans.
Des ministres de paix que révère la France,
Une femme aujourd'hui, sans force, sans défense,
Dont les écrits charmans intéressent le cœur,
Voilà les champions que choisit sa valeur :
Nous savons tous, malgré qu'on dise, et qu'on
   raisonne
Que, le *Penge lingua*, ne fait mal à personne.
Un chant religieux porte à l'humanité ;
Quand on offre son cœur à la divinité,
Il s'ouvre à la pitié, on plaint les misérables :
On aime à soulager les maux de ses semblables!
Mais des simples vertus le lache détracteur
Prouve qu'elles n'ont point d'asyle dans son cœur.

Dans nos champs, nos vergers, les dons de la nature
Ces dons si précieux, pour l'ame aimante et pure;

Et ces fruits savoureux des hommes premier bien:
Les doit-on au hasard ? le hasard ne fait rien :
Du colosse des bois, jusqu'au léger brin d'herbe,
Et l'arbuste odorant, et le chêne superbe,
Tout s'accroît à nos yeux par la douce chaleur
De l'astre flamboyant et régénérateur :
Du sage observateur l'œil étonné s'arrête ,
Sur ces globes épars qui roulent sur sa tête :
Pour lui quel étonnant et superbe tableau !
Chaque point lumineux est un monde nouveau.
De ces astres errans , la lumière éclatante,
Cet ordre universel , cette marche constante ,
Des rigueurs de l'hiver, des douceurs du printems
Tout nous prouve qu'un Dieu règle leurs mouve-
      mens.
Joseph , dans tout cela , ne voit que la matière,
Et son esprit craintif rejète la lumière.

Peu content d'attaquer les hommes à talens ,
Une femme est l'objet de ses emportemens.
« Estimable Genlis » méprise ses outrages ,
Tout le public te venge , en lisant tes ouvrages:
Dédaignes ce reptile attaché sur tes pas ;
Tu ne peux l'écraser, car il rampe trop bas !
D'un pas toujours égal, parcoure ta carrière,
A de vils détracteurs oppose une ame fière.
Au temple des neuf sœurs, sûre d'avoir accès ,
Resaisis tes pinceaux, confonds par des succès

Ces hommes sans pudeur, écrivains mercenaires,
Journalistes gagés, chenilles littéraires :
Qui, de leur bavardage, inondant les journaux,
Insultent la raison, dont ils sont les bourreaux.
Savante sans orgueil, dans son style agréable,
Je vois de Sévigné, le coloris aimable :
Et les nouveaux écrits pleins d'érudition,
Sont des titres nouveaux à l'admiration :
En public aujourd'hui Joseph te fait un crime
De rendre au créateur un culte légitime :
Critique sans raison, ainsi que sans vertus,
Il croit, comme le sien, tous les cœurs corrompus !
Contre lui, sans rougir, on ne peut se défendre,
A repousser ses traits, ne daigne pas descendre,
Sa critique pour toi, devient presqu'un honneur !
Laisse-le végéter... il est un dieu vengeur !...

Le langage du cœur n'est point une chimère,
Quand je jète des fleurs sur la tombe d'un père,
Objet de mon amour, objet de mes regrets,
Dont j'ai, pendant vingt ans, éprouvé les bienfaits,
Et qu'à travers les pleurs qui couvrent mon visage
Je crois voir à mes yeux, paraître son image :
Ce fantôme adoré captive mes esprits :
Je pense à ses leçons, je pense à ses avis.
Oh ! d'une ame brûlante, image mensongère !
Combien je vous chéris ! combien je vous révère,

(9)

La triste vérité plairait moins à mon cœur,
L'erreur qui fait le bien, est une douce erreur !

Admirons de Sylvain l'audace ridicule,
Hardi dans ses discours, au fond du cœur crédule,
Tremblant au souvenir de la divinité !....
Repoussant loin de lui la sainte vérité !...
Admirons les écarts de son triste délire
Et nouveau don Quichotte, entendons-le nous dire :
» *Imitez-moi*, messieurs, *mon esprit ne croit rien.*
» De la religion j'ai rompu le lien :
» L'existence de Dieu n'est pour moi qu'un so-
          » phisme,
» Mon intrépide cœur est né pour l'athéisme.
» De l'homme de bon sens, il remplit tous les vœux,
» L'athéisme suffit pour rendre un peuple heureux.
» Le rusé citadin, l'habitant des villages,
» Ne croyant plus à Dieu, vivront comme des sages.
» Moi, je ne conçois rien à ce Dieu tout puissant ;
» Et je ne crois jamais que ce que mon cœur sent.
» De nos vices nombreux j'atteste l'existence
» Ils sont là, je les vois ; je sens leur influence,
» Ils guident les humains, mais croyez qu'ici-bas,
» Il n'est point de vertus, puisque je n'en ai pas. »

Quoi ! Delaharpe aussi, Joseph, tu veux me dire,
Ce vieillard est aussi l'objet de ta satyre :

Mais aux méchans propos que tu tiens aujourd'hui,
Dès long-tems ses succès ont répondu pour lui :
De tes classes encor, tu baisais la poussière,
Qu'il était et l'émule, et l'ami de Voltaire !
Ah ! si d'un fouet sanglant, dans ses écrits divers,
Pour venger le bon goût, il eut frappé tes vers;
On ne te verrait pas dans l'ardeur qui te presse,
Sans respect, sans pudeur, attaquer sa vieillesse :
Ses ouvrages vivront... par la postérité
Au temple de mémoire, on le verra porté ;
De la littérature il occupe le thrône,
Et ne craint pas, mon cher, qu'un jour de la cou-
          ronne,
Tu viennes détacher le plus simple Fleuron,
Ni qu'à côté du sien, on inscrive ton nom.
Un seul de ses regards étonne ton audace,
D'un seul mot, il pourrait te remettre à ta place.
Malgré ton grand courroux, et ton inimitié,
Il te pardonne hélas ! car tu lui fais pitié.

Admirateurs profonds des maîtres du Parnasse,
Comme toi, nous savons de Tibule et d'Horace,
Apprécier les vers et les écrits parfaits,
Et juger que près d'eux, les tiens sont bien mauvais.

F I N.

NOTES

CURIEUSES ET HISTORIQUES.

(Comme chef de parti Joseph est le premier)

Marie-Joseph Chénier est assez connu :
« ses talens et ses vertus parlent pour lui. »

(Après lui vient l'auteur du jugement dernier.)

Tout le monde connaît *le Jugement dernier des Rois*, pièce jouée au Théâtre de la République du tems de la terreur, et qui n'avait pour but que de démoraliser le peuple, en rompant tous les liens qui pouvaient le retenir encore dans le cercle de ses devoirs, et des principes Sociaux. Nous ne parlons pas ici *de la Rosière Républicaine*, ouvrage plus criminel encore, puisqu'il tendait à la subversion de toute morale, gangrenait le cœur, et donnait une juste idée de son Auteur. (*Silvain Maréchal*).

(C'est ce fou sans pareil qui se dit astronome)

Gérôme Lalande président de l'Observatoire , sectateur de l'athéisme..... eh ! comment ses mondes qui roulent à ses regards ne lui rappellent-ils pas la main puissante qui les dirige !... Au reste il est fou....

(Estimable Genlis......)

Ses ouvrages sont dans les mains de tout le monde : la jeunesse et l'enfance lui doivent des leçons de vertus , l'âge mur des plaisirs purs , la vieillesse des consolations , et ses contemporains de la reconnaissance.

www.ingramcontent.com/pod-product-compliance
Lightning Source LLC
LaVergne TN
LVHW010253210726
843508LV00019B/1298